陪孩子讀
小古文

周劍之◎編著

堯　立◎繪

中　華　教　育

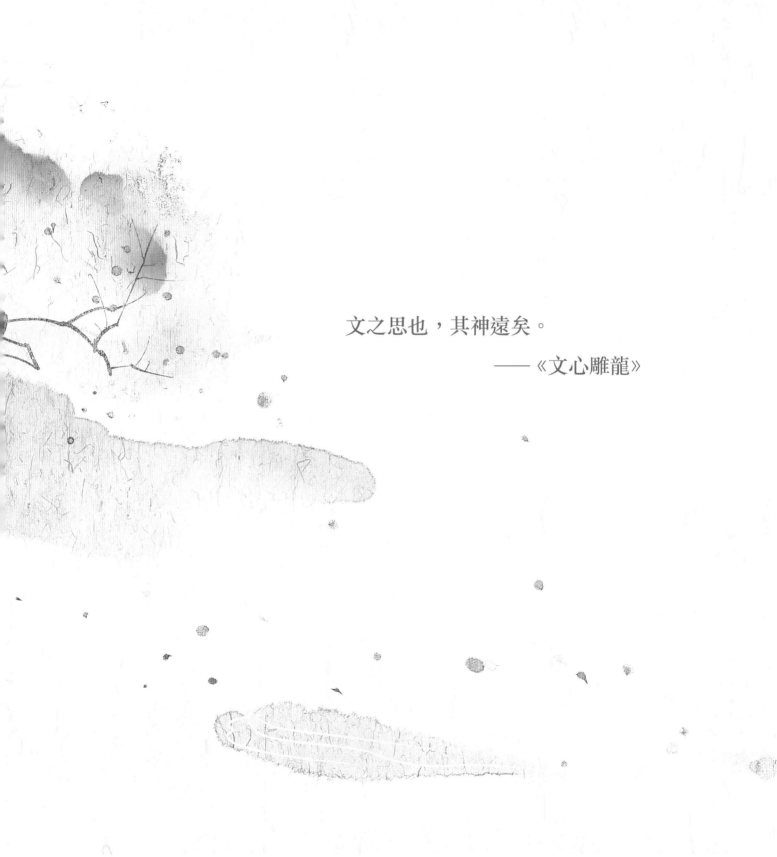

文之思也，其神遠矣。

——《文心雕龍》

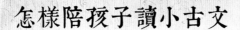

怎樣陪孩子讀小古文

（一）走進古文的世界

我們一般說的古文，泛指古人寫的文章。在古人眼中，文章乃「經國之大業，不朽之盛事」（曹丕《典論·論文》），意義之重大，不言自明。文章在古代文人的生命中扮演着重要角色，參與他們方方面面的生活。大臣向君王進諫，有奏疏文；士人給朋友寫信，有書牘文；遊覽山水，有遊記文；談事言理，有論說文……

豐富的內容，多樣的主題，造就了古文的獨特魅力，為我們展開一個又一個色彩鮮明、豐滿立體的世界。富春江上的泛舟，泰山頂上的遠眺，承天寺的月色，湖心亭的白雪……有時是金碧山水的精緻華美，有時是水墨寫意的神遠韻長。更令人動容的，是融匯在其中的細膩情懷。幽寂清冷的小石潭中，彌散着柳宗元貶謫永州的寂寞悵恨；風景浩然的赤壁之下，飛揚着蘇軾超然物外的深刻哲思。李白於春夜宴會中生發出浮生若夢的感慨，王羲之在蘭亭雅集中揮灑着流觴曲水的高致……

走進古文世界，如同穿越到另一個時空。在這裏，可以參與古人的生活，與他們一同行走在山路上，漂蕩在客舟中，一同喝酒品茶，聽琴下棋，一起笑一起哭，一起振奮高蹈，一起落寞悲歌，可以無比真切地欣賞他們眼前的風景，傾聽他們耳中的聲音，觸摸他們的血肉與靈魂。

古文世界很美好，但進入的門檻卻頗高。古雅的字句與較長的篇幅，使得通篇的古文閱讀超出了孩子的理解能力。彷彿一面高牆，橫亙於孩子與古文之間。或許會有一枝妖嬈的紅杏探出牆頭，深深吸引着行人的目光，更多的美麗卻被阻隔在高牆之內。孩子們只能一邊想像着高牆那側的滿園春色，一邊歎息着高牆的難以逾越。

（二）給孩子的小古文

小古文的形式，是引領孩子們通往滿園春色的一扇大門。

所謂小古文，與其說是篇幅短小的古文，不如說是適合小孩子的古文。這就意味着，小古文的選擇，應當符合孩子的認知特點，能夠激發孩子的興趣，有助於孩子視野的開拓和心智的成長。理想的小古文，從內容上說，應富於畫面感，洋溢人情味，充滿生活氣息；從藝術上說，則應擁有精美的辭藻、抑揚的節奏、充沛的情感與清朗的文思。

為此，《陪孩子讀小古文》擇取古代文學名篇中的精彩段落，不求通篇的把握，而從最吸引人的片段入手，力求調動兒童的感官，激發兒童的想像。在此基礎上，輔以細致的講解，將其中的畫面、聲音、情緒與思索漸次傳達到孩子心上，進而喚醒兒童的審美意識，實現文化浸潤與心靈成長。

（三）父母的陪讀角色

這是一本適合親子閱讀、有助於父母子女共同成長的小書。與孩子共讀的父母，不妨代入以下三重角色。

1. 第一重角色是陪伴者

喜好美好的事物、渴求新鮮的知識，是孩子的天性。當眼前敞開一座花園，他們會興高采烈甚至有些迫不及待。父母不妨追隨每個孩子的興趣點，陪着他們這兒看看，那兒逛逛，跟他們一起吃驚，一起高興，甚至一起悲傷。父母的陪伴會給孩子最堅實的安心感，賦予他們走進古文世界的勇氣和力量。

2. 第二重角色是感受者

孩子有着極其敏感的內心，父母的一言一行，他們無不看在眼裏，而父母的情緒變化，也將直接傳遞給他們。陪孩子讀小古文，父母不妨自己先沉浸到古文的世界中。當父母從《歸去來兮辭》中吟詠出歸隱田園的自在愜意，孩子自然能感受到超越塵俗的高遠意趣。當父母細細品味「落霞與孤鶩齊飛，秋水共長天一色」的絕美景象並為之唱歎不已，孩子就會循着父母的目光與聲音，在腦海中展開滕王閣遠眺的闊大圖景。從古文中獲得細膩感受的父母，對孩子的心靈有直接的觸發。

3. 第三重角色是引導者

　　古文擁有層層疊疊的文化底色。作者的經歷、時代的風尚和歷史的變遷，都是構築古文世界的重要部分。好比花園中設置着山石與池塘，父母有時需要牽着孩子的小手，引着他們曲徑通幽，繞過腳下的磕絆，望向風景最宜人的方向。讀《小石潭記》，可以告訴孩子貶謫意味着甚麼；讀《蘭亭集序》，可以解說流觴曲水的傳統習俗。引導者的角色，能夠幫助孩子更深刻地體驗古文的博大精深。

　　陪伴是基礎，感受是輔助，引導是升華。三重角色的疊加與融合，是父母帶着孩子踏上征途的最佳裝備。

　　如今大門已開啟，道路在腳下，我們一同走進古文的世界吧。

周劍之

目錄

春風沂水

◎《論語》

莫春^①者，春服既成^②，

冠者^③五六人，童子六七人，

浴乎^④沂^⑤，風^⑥乎舞雩^⑦，詠^⑧而歸。

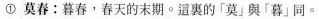

① **莫春**：暮春，春天的末期。這裏的「莫」與「暮」同。

② **既成**：已經成為，這裏指穿上。

③ **冠者**：指成年人。古時男子二十歲束髮加冠，視為成年。冠（普 guàn 粵 罐）。

④ **乎**：介詞，相當於「在」。

⑤ **沂**：沂水，河流名稱。源出山東省，至江蘇省入海。沂（普 yí 粵 而）。

⑥ **風**：這裏作動詞用，指吹風。

⑦ **舞雩**：伴有樂舞的一種祭祀，古時用於求雨。這裏指舞雩台，是求雨祭祀的場所。雩（普 yú 粵 如）。

⑧ **詠**：歌唱。

賞析

孔子與學生談論各自的人生理想。

一位學生說：「我可以治理一個中等規模的國家，讓百姓變得有勇氣。」

又一位說：「我可以治理一個小小的國家，讓百姓變得富有。」

還有一位說：「我可以做司儀，主持一國宗廟的祭祀。」

孔子聽了，沒有回應，轉頭詢問第四位學生曾點。

曾點停下手中彈奏的樂器，淡淡答道：「我的理想是在暮春時節，穿上春天的衣服，與五六位成年人、六七位少年，一同在沂水中沐浴，到舞雩台吹風，又一同唱着歌兒愜（ qiè 粵 協）意地歸去。」

曾點所言不過寥寥數語，卻描畫出一幅無比動人的圖景：行走在春風沂水之間，忘卻世俗的繁華榮辱，從容淡定，綻放出擁抱春天的生命情懷。

難怪孔子微笑點頭：「我贊同你的想法！」

高山流水

◎《列子》

伯牙鼓琴^①，志^②在登高山。

鍾子期曰：「善哉^③，峨峨^④兮^⑤若泰山。」

志在流水，曰：「善哉，洋洋^⑥兮若江河。」

---

① 鼓：彈奏。
② 志：所表達的心意。
③ 善哉：表示讚歎的詞語。
④ 峨峨：高大的樣子。峨（普 é 粵 俄）。
⑤ 兮：語氣詞，相當於「啊」。兮（普 xī 粵 奚）。
⑥ 洋洋：水流盛大的樣子。

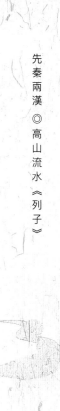

賞析

　　琴，也稱古琴，是中國傳統樂器，有三千多年的歷史。它的聲音清和曠遠，餘韻綿長。古人將琴比作君子，認為這是最適宜君子陶冶情操的樂器。「文人四友」琴棋書畫，琴居其首，足見古琴的魅力。

　　這是一個與古琴有關的故事。伯牙善於彈琴，鍾子期善於聽琴。伯牙一邊彈琴一邊想像高山，鍾子期聽了，感歎道：「多麼巍峨，就像那高聳的泰山！」伯牙一邊彈琴一邊想像流水，鍾子期又感歎：「多麼盛大，就像那浩渺（普 miǎo 粵 秒）的江河！」凡是伯牙心裏所想，鍾子期都能理解。也只有鍾子期，總能說到伯牙心裏去。

　　鍾子期是伯牙的知音。當鍾子期去世以後，伯牙悲痛不已。他斷絕琴弦，摔碎琴身，終其一生，不再彈琴。

詩言志，歌詠言

◎《毛詩序》

詩者，志之所之也，

在心為志，發言為詩，

情動於中而形於言，

言之不足，故嗟歎之，

嗟歎之不足，故詠歌之，

詠歌之不足，

不知手之舞之、足之蹈之也。

---

① 志：心意，志向。

② 之：動詞，前往。這裏指思想感情的流露。

③ 為：是，表示判斷。

④ 發言：用語言表達出來。

⑤ 中：這裏指心中。

⑥ 嗟歎：感歎。嗟歎（普 jiē tàn 粵 遮炭）。

⑦ 不知：不自覺。

賞析

　　中國是詩的國度。從古至今，誕生了無數華彩的詩篇。那些詩篇歷經時光的淘洗，凝聚成善與美的精髓（曾 suí 粵 緒），滋養着我們的靈魂。那麼，詩的根源在何處呢？

　　古人說，詩是心靈的結晶。當濃烈的情感在內心湧動，你會忍不住大聲訴說。大聲訴說依然不滿足，你會反覆感歎。反覆感歎也覺得不夠，你會高聲歌唱。而當高聲歌唱也不足以傳達時，你甚至會手舞足蹈……

　　正是心中最本真的情感與意志，造就了美麗動人的詩篇。

洛神賦

◎ 三國 · 曹植

其形也，翩①若驚鴻，婉②若游龍。

榮曜③秋菊，華茂④春松。

彷彿兮若輕雲之蔽⑤月，

飄搖兮若流風之迴雪⑥。

遠而望之，皎⑦若太陽升朝霞；

迫⑧而察之，灼⑨若芙蕖⑩出淥波⑪。

---

① 翩：輕快，飄忽。

② 婉：柔軟，輕巧。

③ 榮曜：花木茂盛鮮豔。曜（普 yào 粵 耀）。

④ 華茂：華美，繁盛。

⑤ 蔽：遮蓋。

⑥ 流風之迴雪：落雪在風中飄搖、迴旋。迴（普 huí 粵 回）。

⑦ 皎：潔白光亮。皎（普 jiǎo 粵 攪）。

⑧ 迫：靠近。

⑨ 灼：鮮明。灼（普 zhuó 粵 桌）。

⑩ 芙蕖：荷花。芙蕖（普 fú qú 粵 扶渠）。

⑪ 淥：形容水清澈的樣子。淥（普 lù 粵 綠）。

賞析

三國時期的才子曹植，在洛水邊遇到了一位女神。

她的身姿是那樣輕盈，翩翩飄舞，像驚飛的鴻雁；嬌柔婉轉，像游動的蛟（曾 jiāo 粵 交）龍。她的容顏如同秋日裏盛開的菊花，如同春天裏繁茂的青松。她的身影時隱時現，彷彿淡淡雲彩遮住的月亮；她的體態婀娜多姿，就好比陣陣疾風揚起的雪花。遠看時，她像初日升起般明豔亮麗；近看時，她像出水芙蓉般明媚動人⋯⋯

風華絕代的洛神，是美的化身。

永和九年歲在癸
丑會稽山陰之蘭
也群賢畢至少
崇山
有峻領茂林脩
滿暎帶左右引
列坐其次雖無
盛一觴一詠上

蘭亭集序

◎ 東晉 · 王羲之

此地有崇山峻嶺①，茂林修竹②，

又有清流激湍③，映帶左右④，

引以為流觴曲水⑤，列坐其次。

雖無絲竹管弦之盛⑥，一觴一詠，亦足以暢敍幽情⑦。

---

① **崇山峻嶺**：高大陡峭的山嶺。峻（普 jùn 粵 進）。

② **修**：長。

③ **激湍**：迅疾的水流。湍（普 tuān 粵 盾1）。

④ **映帶**：景物相互襯托。

⑤ **觴**：古代的酒杯。觴（普 shāng 粵 雙）。

⑥ **絲竹管弦**：弦樂器與管樂器的總稱。管樂器多用竹子製作，弦樂器多用絲線作弦。

⑦ **暢敍幽情**：盡情地傾談，把內心深處的感情都表達出來。

賞析

農曆三月初三，是古代的上巳（普 sì 粵 自）節。這一天，人們聚集在水邊，濯（普 zhuó 粵 昨）洗嬉戲，許願求福。還有一種「流觴曲水」的風俗：製作出環曲的水道，引入流水，將酒杯放入水中任其漂流，酒杯停在誰的面前，誰就要即興作詩並飲酒。

東晉永和九年的上巳日，眾多文人墨客歡聚於蘭亭。身後是崇山峻嶺，眼前是茂林修竹，清澈的水流環繞左右，成為流觴曲水的最佳地點。儘管沒有盛大的歌舞，但山水間自有清新的樂音。一杯酒，一首詩，足以讓文人墨客們傾注高雅的情思，展露絕世的才學。

正是在這裏，王羲之揮筆寫下《蘭亭集序》。王羲之書法出神入化，有「書聖」的美譽。《蘭亭集序》筆畫圓轉流美，筆勢飄逸俊美，被稱為「天下第一行書」。

美麗的景色，雅致的文章，神妙的書法，共同成就了這場流芳千古的蘭亭雅集。

歸去來兮①辭②

◎ 東晉・陶淵明

策③扶④老以流憩⑤，時矯首⑥而遐⑦觀。

雲無心以出岫⑧，鳥倦飛而知還。

---

① 歸去來兮：這裏的「來」是助詞，沒有實在意義；「兮」是語氣詞。「歸去來兮」相當於說「回去吧」。

② 辭：古代一種文體，介於詩歌和散文之間，也叫賦。

③ 策：扶着。

④ 扶老：手杖。

⑤ 憩：休息。憩（普 qì 粵 氣）。

⑥ 矯首：舉頭。矯（普 jiǎo 粵 繳）。

⑦ 遐：遠。遐（普 xiá 粵 霞）。

⑧ 岫：有洞穴的山。岫（普 xiù 粵 就）。

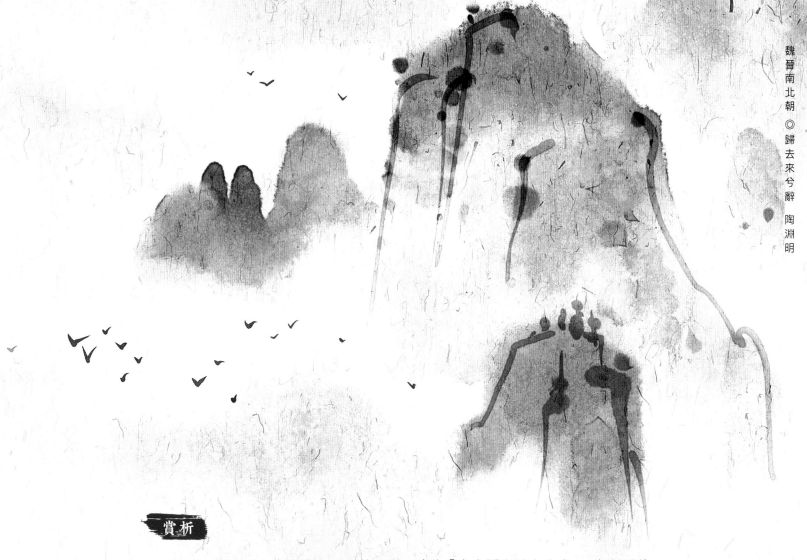

賞析

　　歸隱田園是眾多古代文人共同的心願。身為「古今隱逸詩人之宗」，陶淵明將這種願望說到了極致，也做到了極致。

　　他不願改變初衷，混跡官場。當長官命令他穿戴好官服迎接上級時，他歎息說：「我豈能為五斗米，向鄉裏小兒折腰？」於是棄官歸隱，飄然遠去。

　　在田園中，他拄着手杖外出散步，走走停停。時不時抬起頭來，眺望遠方的風景。自在的白雲從山裏輕盈飄出，倦飛的小鳥朝着鳥巢回還。

　　自然風景如此怡人，田園生活如此愜意。東籬的菊花，山間的歸鳥，不停召喚着——歸去來兮！

桃花源記

◎ 東晉 · 陶淵明

晉太元中①，武陵人捕魚為業②。

緣溪行③，忘路之遠近。

忽逢桃花林，夾岸數百步，

中無雜樹，芳草鮮美④，落英⑤繽紛⑥，漁人甚異之。

復⑦前行，欲窮⑧其林。

---

① **太元**：東晉孝武帝的年號 (376 – 396 年)。
② **武陵**：古代地名。
③ **緣**：沿着。
④ **鮮美**：色彩明亮美麗。
⑤ **落英**：落花。
⑥ **繽紛**：雜亂而繁盛的樣子。
⑦ **復**：又。
⑧ **窮**：盡頭。

賞析

　　對於東晉時期的武陵漁人而言，那是一段奇遇。他順着溪水行船，不知不覺間，忘記了路程的遠近。一片桃花林忽然出現在眼前。桃花林夾着溪水，延伸到幾百步以外。林中是清一色的桃樹，沒有任何其他樹木。桃林中綠草如茵，時有桃花飄落，紛紛揚揚。眼前美景讓漁人詫異無比。於是他繼續往前行船，想要走到桃林盡頭去一探究竟。

　　漁人所到的地方，就是桃花源。這個神奇的世界，與外界隔絕。生活在這裏的人們，豐衣足食，怡然自樂。漁人受到了熱情的款待。臨走時，人們叮囑他不要告訴別人。而漁人離開以後，再也無法找到桃花源的所在。

　　這就是陶淵明筆下的桃花源 —— 遠離世俗紛擾，充滿寧靜和平。它寄託着陶淵明對美好生活的想像，也成為後世人們無限向往的理想世界。

別賦①

◎ 南朝・江淹

春草碧色，春水淥波②，

送君南浦③，傷如之何！

秋露如珠，秋月如珪④，

明月白露，光陰往來⑤。

與子之別，思心徘徊。

---

① **賦**：古代的一種文體，押韻，句式像散文。

② **淥**：清澈。淥（普 lù 粵 綠）。

③ **南浦**：南面的水邊。常指送別之地。浦（普 pǔ 粵 普）。

④ **珪**：上圓（或尖）下方的玉器。珪（普 guī 粵 歸）。

⑤ **光陰往來**：光陰，時間。往來，去與來。時光逝去又復來。

賞析

　　最令人黯然銷魂的，是離別。

　　居家的妻子送別遠行的丈夫，年邁的父母送別出征的兒子。淚眼矇矓、無語凝噎的，是溫柔纏綿的情人。怒髮衝冠、毅然離去的，是視死如歸的劍客……世間的離別有千萬種，悲傷卻相差無幾。

　　春草連綴出青翠的顏色，春水蕩漾起清澈的波紋。在風景如畫的南浦與你分別，讓我歎息不已，傷感無限。

　　深秋時節，露水如珍珠般晶瑩，月色如美玉般溫潤。明月白露映照着時光的流轉。與你的分別，讓我思緒翩翩，難以入眠。

答謝中書①書②

◎ 南朝 · 陶弘景

山川之美，古來共談。

高峯入雲，清流見底。

兩岸石壁，五色交輝③。

青林翠竹，四時俱備。

曉霧將歇④，猿鳥亂鳴⑤；

夕日欲頹⑥，沉鱗競躍⑦。

---

① 中書：古代的一種官職。
② 書：書信。
③ 五色交輝：五色，泛指各種顏色，這裏形容石壁色彩斑爛。交輝，交相輝映。
④ 歇：消。歇（普 xiē 粵 挈）。
⑤ 亂：沒有一定的秩序，這裏形容聲音此起彼伏。
⑥ 頹：下墜，這裏指太陽下山。
⑦ 沉鱗：指水中游魚。鱗（普 lín 粵 鄰）。

賞析

　　自古以來，人們就對山川景色充滿熱愛之情。文人雅士更是熱衷於談論山水、欣賞山水。南朝的陶弘景寫信給朋友謝中書，信中滿滿都是山水的美好。

　　巍峨的山峯高聳入雲，清澈的溪流明淨見底。河流兩岸的石壁，五彩斑斕，交相輝映。葱蘢的樹木，翠綠的竹子，四季常青。清晨時分，薄霧將散，猿猴與飛鳥的啼鳴此起彼伏。日暮之際，夕陽西下，水中的魚兒爭相躍出水面。

　　那是陶弘景眼中的江南山水，也是活在古書裏的人間仙境。

與朱元思書

◎ 南朝・吳均

水皆縹碧[1]，千丈見底。

游魚細石，直視無礙[2]。

急湍[3]甚[4]箭，猛浪若奔。

夾岸高山，皆生寒樹。

負勢競上[5]，互相軒邈[6]，

爭高直指[7]，千百成峯。

---

① **縹碧**：青白色。縹（普 piǎo 粵 剽）。
② **礙**：掩蔽。礙（普 ài 粵 外）。
③ **急湍**：急流的水。
④ **甚**：勝過，超過。
⑤ **負勢競上**：憑藉高峻的地勢，爭相向上生長。
⑥ **軒邈**：往高處生長和遠處伸展。邈（普 miǎo 粵 秒）。
⑦ **直指**：向上，直上。

賞析

富春江位於浙江省中部，景色奇麗。

青白色的江水清澈見底，游動的魚兒，細小的石頭，都可以一目了然。湍急的水流，比射出的箭羽還要迅疾。兇猛的巨浪，恍若萬千駿馬的奔騰。兩岸的高山上，生長着耐寒的樹木。高山憑借險要的山勢，爭着向高處伸展。一座座山頭筆直朝上，簇擁成高峻的羣峯。

難怪古人為之驚歎：「奇山異水，天下獨絕！」

古代文人紛紛為之題詠。謝靈運的詩，蘇軾的詞，黃公望的畫，都曾留下富春山水的印記。

滕王閣序

◎ 唐 · 王勃

雲銷雨霽①，彩②徹③區明④。

落霞與孤鶩⑤齊飛，秋水共長天一色。

漁舟唱晚，響窮彭蠡⑥之濱；

雁陣驚寒，聲斷衡陽之浦⑦。

---

① 霽：雨過天晴。霽（普 jì 粵 制）。

② 彩：日光。

③ 徹：貫通。

④ 區明：形容天空明朗透亮。

⑤ 孤鶩：野鴨。鳥類中的水禽類。鶩（普 wù 粵 務）。

⑥ 彭蠡：鄱陽湖。蠡（普 lǐ 粵 禮）。

⑦ 聲斷衡陽之浦：相傳衡陽有回雁峯，大雁飛到這裏就不再往南飛了。

賞析

　　滕王閣是江南三大名樓之一，在今天江西南昌。南昌，唐代稱洪州。洪州都督曾在滕王閣上大宴賓客。王勃參加了這次宴會，寫下了《滕王閣序》。他用一支生花妙筆，描畫出一幅精彩絕倫的日暮秋江圖。

　　滕王閣上，江岸風光盡收眼底。雲朵消散，雨過天晴，陽光映照下的天空一片光彩透亮。落霞與孤鶩一同飛翔在天邊，秋水與天空相連成一色的廣闊。漁船上傳來的傍晚歌聲，響徹彭蠡湖濱。大雁感受到秋天的寒意，一直叫喚着飛到衡陽岸邊……

　　據說，都督原本打算讓自己的女婿來寫這篇文章。因此，當王勃自告奮勇時，都督並不樂意。然而王勃才思如泉，下筆成章，讓都督不得不為之折服。當寫到「落霞與孤鶩齊飛，秋水共長天一色」兩句時，都督不由驚歎：「這是真正的天才，這是不朽的文字！」

山中與裴秀才迪書

◎ 唐・王維

當待春中，

草木蔓發①，春山可望，

輕鰷②出水，白鷗矯翼③，

露濕青皋④，麥隴⑤朝雊⑥，

斯⑦之不遠，倘能從我遊乎？

---

① **蔓發**：指草木生長。

② **鰷**：一種銀白色的小魚。鰷（普 tiáo 粵 調）。

③ **矯翼**：展翅。

④ **青皋**：郊野。皋（普 gāo 粵 高）。

⑤ **隴**：通「壟」，田埂，用來劃分田界和蓄水。隴（普 lǒng 粵 龍5）。

⑥ **雊**：野雞鳴叫。雊（普 gòu 粵 究）。

⑦ **斯**：這些。

賞析

　　王維是盛唐最著名的山水田園詩人，同時他又是一位出色的畫家。詩與畫的交融，讓他的詩歌充滿了畫意，也讓他的畫作流淌着詩情。後人稱為「詩中有畫」「畫中有詩」。而他寫給好友裴迪的書信，正是詩情與畫意的完美結合。

　　此時的王維，隱居於藍田的輞（🔵 wǎng 🔵 網）川別業。這是一座坐擁林泉美景的園林。這裏有幽深的山嶺，有清瑩的湖水，有茱萸（🔵 zhū yú 🔵 朱如），有木蘭，有竹林，有蘆葦……有山水的千姿百態。

　　思念好友的王維，在書信中描繪了輞川山居的種種美景，又向好友發出誠摯的邀請：待到春天，當花草樹木漸漸滋長、山巒輪廓清晰可見，當輕盈的魚兒躍出水面、潔白的鷗鳥展開雙翼，當露水潤濕了青綠的郊野，當野雞在清晨的麥田啼鳴 —— 這些景色即將出現 —— 那時你願意與我一同遊賞嗎？

春夜宴從弟①桃花園序

◎ 唐・李白

夫②天地者，萬物之逆旅③也；
光陰④者，百代⑤之過客也。

而浮生若夢，為歡幾何？
古人秉⑥燭夜遊，良⑦有以⑧也。

① **從弟**：堂弟。
② **夫**：發語詞，表示要開口說話。夫（普 fú 粵 扶）。
③ **逆旅**：旅館。逆，反方向，旅館派人出來迎客，與客
　　人行進方向相反才能相遇。
④ **光陰**：時間。
⑤ **百代**：指很長的歲月。
⑥ **秉**：拿着，手持。秉（普 bǐng 粵 丙）。
⑦ **良**：確實。
⑧ **以**：緣由。

賞析

時光易逝，人生苦短，這是人類永恆的慨歎。

在大詩人李白的眼中，天地雖大，但只是世間萬物暫時歇腳的旅店；歲月光陰，也只是時間長河中匆匆流走的過客。人的一生如夢幻般短暫，又能享有多少歡樂呢？

不過李白並非一味地哀傷。明白生命的短暫，才更懂得珍惜眼前的幸福。於是李白理解了古人秉燭夜遊的舉動 —— 他們手持蠟燭在夜間遊玩，為的是把握當下的快樂。因此，在美麗的春夜裏，盛大的聚會中，又有甚麼理由不盡情沉醉呢？

弔①古戰場文

◎ 唐·李華

鳥無聲兮山寂寂，夜正長兮風淅淅②。

魂魄結③兮天沉沉，鬼神聚兮雲冪冪④。

日光寒兮草短，月色苦兮霜白。

傷心慘目，有如是耶⑤！

---

① 弔：祭奠死者或慰問死者的家人。

② 淅淅：象聲詞，多形容風雨之聲。淅（普 xī 粵 式）。

③ 結：聚合，聚集。

④ 冪冪：濃密。冪（普 mì 粵 覓）。

⑤ 耶：疑問語氣，相當於「呢」、「嗎」。

賞析

　　遼闊無際的原野上，寒風蕭蕭，日色昏暗，一片淒慘景象。那是古代的戰場。眾多戰士曾在這裏厮殺，無數生命曾在這裏消逝。

　　當兩軍對陣，刀槍相對，血肉搏擊，地動山搖，何等驚心動魄！

　　而當戰爭結束後，鳥兒無聲，羣山寂寂，長夜漫漫，悲風淅淅。天色低沉，彷彿凝結着不散的魂魄。黑雲濃密，彷彿聚集着駭人的鬼神。日光寒冷，照在枯短的野草上。月色淒苦，像是籠罩着白霜。還有比這更淒慘悲涼的景象嗎？

　　願世上不再有戰爭的硝（普 xiāo 粵 消）煙。

送李願歸盤谷序

◎ 唐·韓愈

窮居而野處①，升高而望遠②，

坐茂樹以終日，濯③清泉以自潔。

採於山，美④可茹⑤；

釣於水，鮮可食。

起居無時，惟適之安。

---

① **野處**：居住山野中。處（普 chǔ 粵 柱3）。

② **升高**：升，登，上。高，高的地方。

③ **濯**：洗滌。濯（普 zhuó 粵 昨）。

④ **美**：味美。

⑤ **茹**：吃。茹（普 rú 粵 如）。

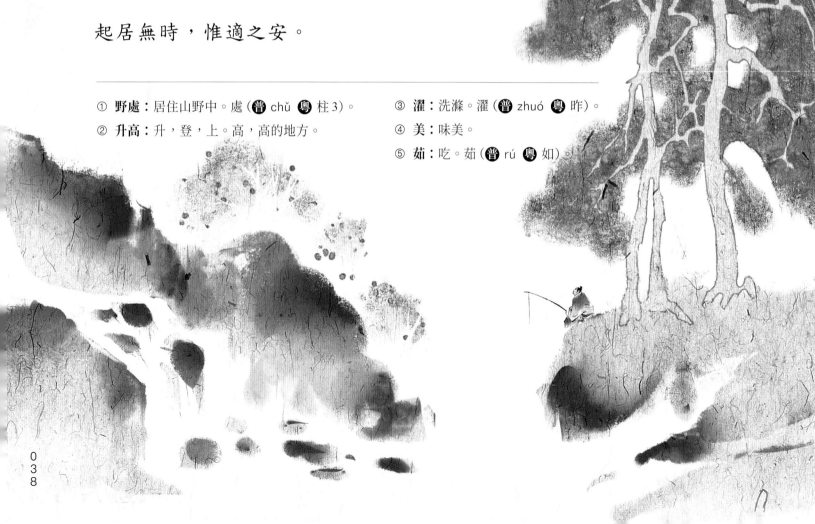

賞析

　　隱居山間，自得其樂，是古代眾多文人的理想生活方式。

　　居住在窮荒偏僻的山野，可以登上高處眺望遠方的景色，可以坐在茂盛的樹木下悠閒地度過一整天，可以在清澈的泉水中將自己洗滌得潔淨無瑕。在山上採摘，蔬果鮮嫩可餐；在溪中垂釣，魚蝦肥美可口。無須被特定的起居時間束縛，只要自己覺得安定舒適就好。

　　面對隱居盤谷的好友李願，韓愈有無限的羨慕。許多時候，追名逐利的世俗生活，遠不如徜徉（🔊 cháng yáng 🔊 常羊）山野自由快樂。

荔枝圖序

◎ 唐 · 白居易

葉如桂，冬青；

華①如橘，春榮②；

實如丹③，夏熟。

朵④如葡萄，核如枇杷，

殼如紅繒⑤，膜如紫綃⑥，

瓤肉⑦瑩白如冰雪，

漿液甘酸如醴酪⑧。

---

① **華**：通「花」。
② **榮**：開花。
③ **丹**：礦物名，又稱朱砂，呈朱紅色，可製
　　作顏料和藥劑。
④ **朵**：這裏指果實聚成的串。
⑤ **繒**：絲織品。繒（普 zēng 粵 增）。
⑥ **綃**：生絲織成的薄綢子。綃（普 xiāo 粵 消）。
⑦ **瓤肉**：瓜果的肉，即荔枝肉。瓤（普 ráng 粵 囊）。
⑧ **醴酪**：醴，甜酒。酪，奶酪。醴酪（普 lǐ lào 粵 禮樂）。

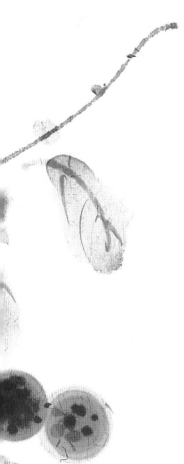

賞析

　　荔枝是生長於南方的水果。雖然美味，卻不容易保存。對於生活在唐代的北方人而言，荔枝十分珍稀。據說楊貴妃喜歡吃荔枝，唐玄宗命人快馬加鞭，將新鮮荔枝從四川千里迢迢地運送到長安，也不知累死了多少匹馬。正所謂「一騎紅塵妃子笑，無人知是荔枝來」，可見荔枝的難得。在西南做官的白居易，有幸親眼見識了荔枝的美好，忍不住寫下荔枝的贊歌：

　　它的葉子像是桂花樹，即便在冬天也是青綠的；它的花像柑橘的花朵，在春天的時候盛開；它的果實像朱砂那樣紅，在夏季成熟。它的果實匯聚成串，像是葡萄；它的果核則跟枇杷接近；它的外殼像紅色的絲綢；它的內膜像紫色的薄紗；它的果肉晶瑩潔白，如同冰雪；它的汁液酸甜可口，好比甜酒與奶酪。

　　蘇軾也是荔枝的狂熱愛好者。他說：「日啖（曾 dàn 粵 淡）荔枝三百顆，不辭長作嶺南人。」若是每天能吃上三百顆荔枝，就算貶謫到遙遠偏僻的南方，也毫無怨言。

　　這麼誘人的荔枝，要不要來一顆？

陋室銘

◎ 唐·劉禹錫

山不在高，有仙則名。

水不在深，有龍則靈。

①斯是陋室，惟吾德馨②。

苔痕上階綠，草色入簾青。

談笑有鴻儒③，往來無白丁④。

可以調素琴，閱金經⑤。

無絲竹之亂耳，無案牘之勞形⑥。

南陽諸葛廬，西蜀子雲亭。

孔子云：何陋之有⑦？

---

① 斯：指示代詞，此，這。

② 德馨：指品德高尚。

③ 鴻儒：大儒，博學的人。

④ 白丁：平民，指沒有學問的人。

⑤ 金經：用金色顏料書寫的佛經。

⑥ 案牘：官府的公文，文書。牘（普 dú 粵 讀）。

⑦ 何陋之有：又有甚麼簡陋呢？孔子曾經說過：
「君子居之，何陋之有？」（《論語·子罕》）。

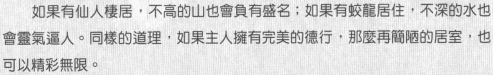

賞析

　　如果有仙人棲居，不高的山也會負有盛名；如果有蛟龍居住，不深的水也會靈氣逼人。同樣的道理，如果主人擁有完美的德行，那麼再簡陋的居室，也可以精彩無限。

　　劉禹錫就住在這樣一所陋室中。青苔的痕跡爬上了台階，碧綠的草色映入了簾帷。在這裏，談笑往來的都是博學多識的人，絕沒有不學無術之徒。在這裏，可以彈奏素雅的古琴，可以閱覽精美的書籍。在這裏，既沒有擾亂清聽的嘈雜俗樂，也沒有勞累身心的煩瑣公務。

　　三國時期的著名將領諸葛亮，曾在南陽躬耕；西漢時期的著名文學家揚雄，曾在西蜀退居 —— 他們的居所不也都是這樣的陋室嗎？正如孔子所言：「這裏居住的是擁有美德的謙謙君子，又怎麼可能簡陋呢？」

小石潭記

◎ 唐・柳宗元

潭中魚可^①百許^②頭，

皆若空游無所依，

日光下澈^③，影布石上。

佁然^④不動，俶爾^⑤遠逝，往來翕忽^⑥。

似與遊者相樂。

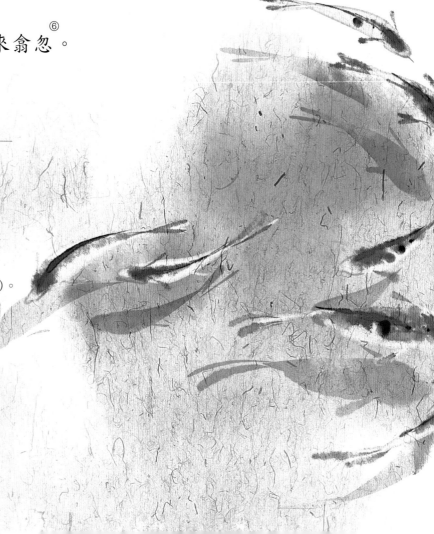

---

① 可：大約。

② 許：用在數詞後，表示約數。

③ 澈：穿透。

④ 佁然：呆呆的樣子。佁（普 yǐ 粵 以）。

⑤ 俶爾：忽然。俶（普 chù 粵 速）。

⑥ 翕忽：輕快敏捷的樣子。翕（普 xī 粵 泣）。

賞析

　　柳宗元貶謫永州，寄情於山水之間。他上高山，入深林，窮溪谷，通幽徑，積極探尋自然之美。小石潭正是柳宗元發現的一處美景。

　　小石潭的特別之處，在於它的底部是由一整塊石頭構成。潭水清澈無比。潭中的一百多條小魚，彷彿是在空中游動一般，沒有任何依憑。陽光穿透潭水，魚兒的影子投射在潭底的石塊上，清晰可見。

　　最引人注目的，是魚兒的姿態。牠們有時像在發呆，一動不動。忽然之間卻又游向遠處，迅疾無比。如此來來往往，輕快敏捷，像是與人嬉戲一樣，充滿靈性。

鈷鉧潭①西小丘記

◎ 唐·柳宗元

枕席而臥，則清泠②之狀與目謀③，

瀯瀯④之聲與耳謀，

悠然而虛者與神謀，

淵然⑤而靜者與心謀。

---

① **鈷鉧潭**：在湖南省永州市西山西麓。形如熨斗，故名。鈷鉧（普 gǔ mǔ 粵 古母），熨斗。

② **清泠**：清涼明淨。泠（普 líng 粵 聆）。

③ **謀**：商量，這裏是接觸的意思。

④ **瀯瀯**：象聲詞，水流迴旋的聲音。瀯（普 yíng 粵 型）。

⑤ **淵然**：深遠的樣子。

賞析

　　鈷鉧潭西邊的小丘，是柳宗元在永州發現的又一處美景。

　　這裏樹木叢生，石塊堆疊。當柳宗元將雜草枯木鏟除乾淨後，景色為之一變：竹樹修長，巖石奇美，高峻的山嶺、飄浮的雲朵、潺潺（普 chán 粵 孱）的溪水、遨遊的鳥兒，全都展現在眼前。

　　愜意地躺在這裏，清麗明澈的景色撲入眼簾，涓涓（普 juān 粵 捐）潺潺的水流聲湧入耳朵，悠然玄遠的氣息感染了神志，深遠幽靜的氛圍浸潤了心靈⋯⋯

　　柳宗元喜愛這裏的風景，用四百文錢買下了這座小丘。小丘雖然有價，這裏的風景卻是真正的無價之寶。

阿房宮賦

◎ 唐・杜牧

長橋臥波，未雲何龍？

複道行空，不霽何虹？

高低冥迷，不知西東。

歌台暖響，春光融融；

舞殿冷袖，風雨淒淒。

一日之內，一宮之間，而氣候不齊。

---

① **複道**：樓閣之間架空的通道。因上下都有，故稱複道。

② **霽**：雨過天晴。霽（普 jì 粵 制）。

③ **冥迷**：陰暗迷茫。冥（普 míng 粵 銘）。

賞析

　　阿房（曾 ē fáng 粵 柯防）宮是秦始皇下令修築的一座宮城。它規模宏大，格局廣闊，是秦朝一統天下的象徵。然而，它的極盡奢華，勞民傷財，卻也成為秦朝走向滅亡的一條導火索。

　　在唐代文人杜牧的想像中，阿房宮無比壯麗，一座座宮殿相互連接，爭雄鬥奇，讓人驚歎不已。

　　天空並沒有雲，為何會有蛟龍？原來那是水波上俯臥延伸的長橋。又不是雨過天晴，為何會有彩虹？原來那是樓閣間橫空的通道。

　　阿房宮是那樣闊大。屋舍高高低低，幽深迷離，讓人無法分辨方向。同一天中，甚至存在截然不同的氣候：這邊唱歌的高台溫暖如春，那邊跳舞的宮殿卻風雨淒淒。

　　這座宏偉的阿房宮最終毀於戰火，宮殿的華美隨風消逝，只留給後人無限的沉思。

黃州新建小竹樓記

◎ 北宋 · 王禹偁

夏宜急雨，有瀑布聲；

冬宜密雪，有碎玉聲；

宜鼓琴，琴調和暢；

宜詠詩，詩韻清絕；

宜圍棋，子聲丁丁然；

宜投壺①，矢②聲錚錚③然；

皆竹樓之所助也。

---

① 投壺：古人宴飲時的一種遊戲。將箭矢投向壺中，投中次數多者為勝。

② 矢：箭。矢（普 shǐ 粵 此）。

③ 錚錚：象聲詞，用來形容金、玉等物的撞擊聲。錚（普 zhēng 粵 爭）。

賞析

　　宋代作家王禹偁（曾 chēng 粵 稱）貶謫黃州後，修建了一座小樓。這座小樓最大的特色，是全用竹子製成。小竹樓既涼爽又舒適，更妙的是，能令各種聲音變得清雅動人。

　　夏日的驟雨敲打在竹樓上，像瀑布般嘩嘩作響。冬天的雪花，灑落在屋頂，發出碎玉般的聲音。這裏最適合彈琴，琴聲悠然舒暢。這裏最適合吟詩，詩韻清雅絕俗。適合下圍棋，棋子落在棋盤上，叮叮作響。這裏最適合投壺遊戲，箭矢投入壺中，錚然有聲 —— 這一切美妙的聲音，都源自小竹樓獨特的質地。

　　此時此刻，不妨閉上眼睛，靜靜享受這聽覺的盛宴。

岳陽樓記

◎ 北宋・范仲淹

春和①景②明，波瀾不驚，

上下天光，一碧萬頃；

沙鷗③翔集，錦鱗④游泳；

岸芷⑤汀⑥蘭，鬱鬱⑦青青。

而或⑧長煙一空，皓月千里，

浮光躍金，靜影沉璧⑨，

漁歌互答，此樂何極⑩！

---

① 和：溫和，暖和。

② 景：日光。

③ 沙鷗：棲息於沙灘上的鷗鳥。

④ 錦鱗：指美麗的魚。

⑤ 芷：一種香草。

⑥ 汀：水邊平地。汀（普 tīng 粵 聽）。

⑦ 鬱鬱：茂盛的樣子。

⑧ 而或：有時候。

⑨ 璧：圓形正中有孔的玉。

⑩ 極：盡頭，窮盡。

賞析

　　岳陽樓位於湖南岳陽，下臨洞庭湖，與君山遙遙相望。

　　當春風和煦（曾 xù 粵 許）、陽光明媚之時，湖上風平浪靜，天色湖光上下相連，一片碧綠，無邊無際。沙洲上的鷗鳥時飛時歇，美麗的魚兒在水中或浮或沉；岸上的香草，水邊的蘭花，茂盛青翠。

　　有的時候，湖面上的煙霧全都消散，皎潔的月光一瀉千里。水波動蕩時，映在水中的月光不停浮動跳躍。而湖面寧靜時，月亮投下靜靜的倒影，像是沉在水中的玉璧。

　　在這寧靜的夜色中，漁夫們唱起了動人歌謠，一唱一和，此起彼伏。面對此情此景，樂趣真是無窮無盡啊！

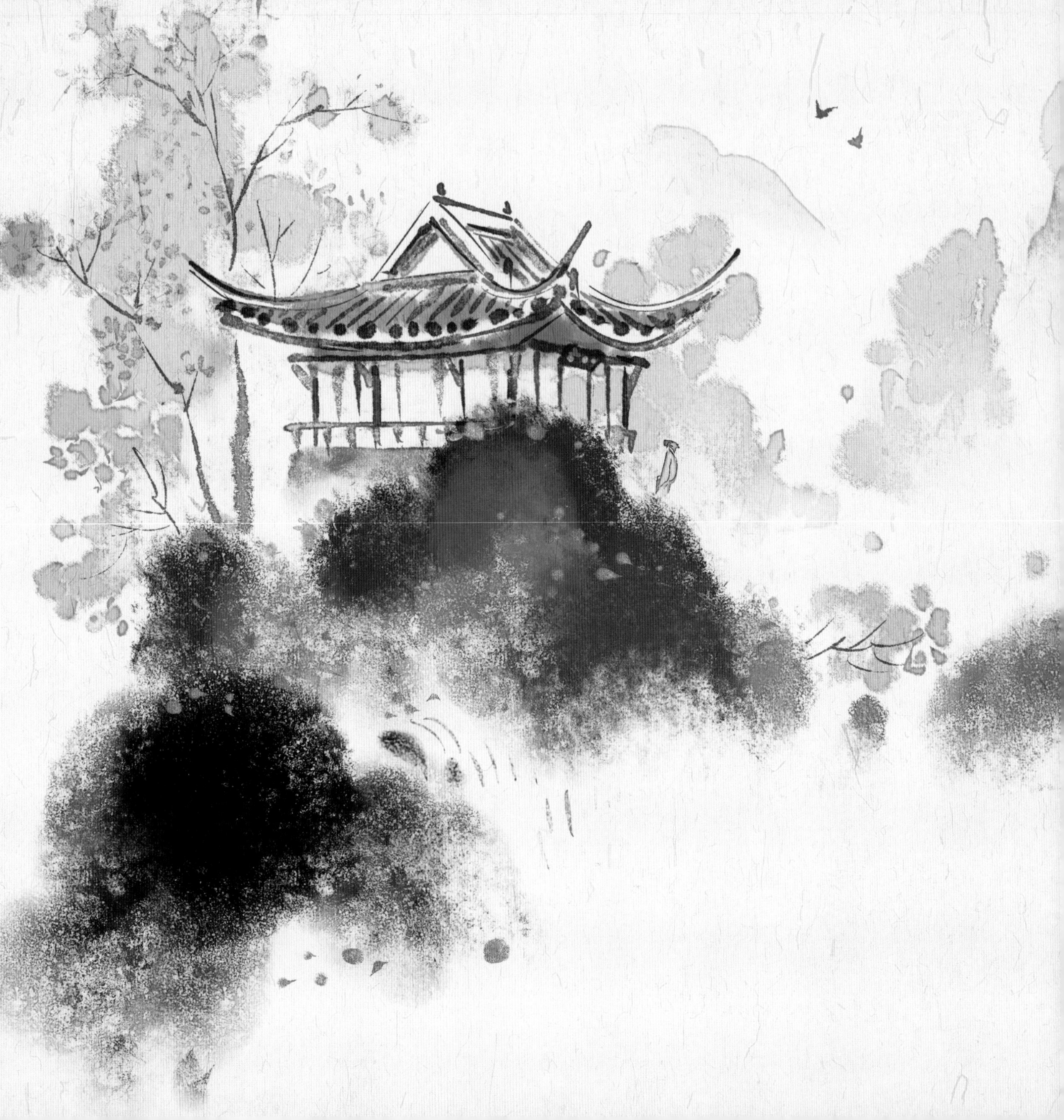

醉翁亭記

◎ 北宋 · 歐陽修

日出而林霏①開，雲歸而巖穴暝②，

晦明③變化者，山間之朝暮也。

野芳④發而幽香，佳木秀而繁蔭，

風霜高潔，水落而石出者，山間之四時也。

---

① 霏：彌漫的雲氣。霏（普 fēi 粵 非）。

② 暝：昏暗。暝（普 míng 粵 銘）。

③ 晦明：昏暗與晴朗。晦（普 huì 粵 悔）。

④ 芳：花草。

賞析

　　今天安徽滁（普 chú 粵 除）州西南山上的「醉翁亭」，得名於歐陽修。

　　歐陽修自稱「醉翁」，卻又說「醉翁之意不在酒」。讓他沉醉的不是美酒，會是甚麼呢？

　　山林裏的風景千變萬化。當太陽出來，林間的霧氣漸漸消散；當煙雲歸山，巖石洞穴都隨之昏暗 —— 這是山林中的早晨與傍晚。春天野花開放，幽香陣陣；夏日樹木繁茂，綠蔭濃密；秋日天高氣爽，霜露瑩潔；冬日溪水減少，石塊呈露 —— 這是山林中的四季。原來令歐陽修沉醉的，是滁州的山水。

　　沉醉於美景的歐陽修，又將這種快樂寄寓於美酒。醉倒在山水之間的，是真正的「醉翁」。

秋 聲 賦 ▲

◎ 北宋 · 歐陽修

初淅瀝以蕭颯①，忽奔騰而砰湃③；

如波濤夜驚，風雨驟至。

其觸於物也，鏦鏦錚錚④，金鐵皆鳴；

又如赴敵之兵，銜枚⑤疾走，

不聞號令，但聞人馬之行聲。

---

① **淅瀝**：象聲詞，形容風雨、落葉等聲音。淅瀝（普 xī lì 粵 息力）。
② **蕭颯**：風雨吹打草木發出的聲音。蕭颯（普 xiāo sà 粵 消圾）。
③ **砰湃**：象聲詞，形容波濤洶湧的聲音。砰湃（普 pēng pài 粵 乒拜）。
④ **鏦鏦錚錚**：金屬相互撞擊的聲音。鏦錚（普 cōng zhēng 粵 充箏）。
⑤ **銜枚**：古代行軍時，讓士兵將一種形似筷子的物體銜在口中，以防口中發出聲音。銜枚（普 xián méi 粵 含梅）。

賞析

　　秋天來了。夜裏讀書的歐陽修，忽然聽到了秋天的聲音。

　　最初是淅淅瀝瀝的細微動靜，像是風雨吹打着草木。忽然間又變得洶湧澎湃，如同大江大河奔騰不息。像是碰到物體，發出叮叮噹噹的聲響，如金屬的劇烈撞擊。再仔細聽，又像是夜間前去襲擊敵人的軍隊，士兵們口中銜枚，絕無言語喧嘩，也沒有任何號令，只聽到人馬整齊地行進……

　　秋天的聲音，聽上去似乎有些冷清，有些淒切，讓人感受到凋零的悲哀與無奈。凋零固然讓人傷感，卻也孕育着下一年的生機。「野火燒不盡，春風吹又生。」若無秋的蕭瑟（普 xiāo sè 粵 消室），又何來春的明媚？

愛 蓮 說

◎ 北宋 · 周敦頤

予獨愛蓮之出淤泥①而不染，濯②清漣③而不妖，

中通外直④，不蔓不枝⑤，香遠益⑥清，亭亭⑦淨植⑧，

可遠觀而不可褻⑨玩焉。

---

① **淤泥**：河湖池塘裏沉積的泥沙。淤（普 yū 粵 於）。

② **濯**：洗滌。濯（普 zhuó 粵 昨）。

③ **清漣**：水清澈而有細微波紋，這裏指清水。漣（普 lián 粵 連）。

④ **中通外直**：蓮梗中間空，外面筆直。

⑤ **不蔓不枝**：蓮梗不蔓延，不分枝。蔓（普 màn 粵 慢）。

⑥ **益**：更加。

⑦ **亭亭**：直立的樣子。

⑧ **淨植**：淨，潔淨。植，筆直。潔淨地直立着。

⑨ **褻**：親近而不莊重。褻（普 xiè 粵 舌）。

賞析

　　世上有千萬種花，各有其美。富豔的牡丹，隱逸的菊花，幽香的蘭花，明媚的桃花……周敦頤（普 dūn yí 粵 噸兒）最愛的是蓮花。

　　蓮花從淤泥中長出，卻完全不沾染污穢（普 huì 粵 慧）。她經過清瑩水波的洗滌，毫無妖媚的氣息。她的莖內在通貫，外表挺直，不生枝蔓，不長枝節。她幽香淡淡，遠遠聞來，更顯得清雅怡人。她筆直而潔淨地挺立着。人們可以遠遠欣賞她的美好，卻不能近距離地戲弄她。

　　她的情操如此高潔，她的身姿如此挺立。她是花中的君子，是人格之美的象徵。

林泉高致·山水訓①

◎ 北宋 · 郭熙

真②山水之煙嵐③四時不同。

春山淡冶④而如笑，

夏山蒼翠而如滴⑤，

秋山明淨⑥而如妝，

冬山慘淡⑦而如睡。

---

① 訓：典式，法則。
② 真：實在，的確。
③ 煙嵐：山林間蒸騰的霧氣。嵐（普 lán 粵 藍）。
④ 淡冶：素雅而秀麗。冶（普 yě 粵 野）
⑤ 滴：水等液體往下掉。
⑥ 明淨：明朗而乾淨。淨（普 jìng 粵 靜）。
⑦ 慘淡：光線暗淡。

賞析

　　郭熙是北宋著名畫家，有《幽谷圖》《窠（曾 kē 粵 科）石平遠圖》等畫作傳世。他又是著名的畫論家，《林泉高致》就是他關於山水繪畫的經驗總結。

　　正因為是畫家，所以郭熙對四季山水有着超乎常人的細膩體察：春天的山最是素雅秀麗，如同美人溫婉的淺笑；夏天的山有着濃鬱的青翠顏色，綠得像要滴出水來；秋天的山好比一位精心打扮的女子，明亮而潔淨；冬天的山卻有些暗淡，彷彿進入了沉沉的睡眠。春夏秋冬四季流轉，山的樣貌也不停變換。

　　畫家眼中的山，是一個個鮮活而美好的生命。

前赤壁賦

◎ 北宋 · 蘇軾

月出於東山之上，

徘徊於斗牛①之間。

白露橫②江，水光接天。

縱③一葦④之所如⑤，凌⑥萬頃⑦之茫然⑧。

浩浩⑨乎如憑虛⑩御風，而不知其所止；

飄飄乎如遺世⑪獨立⑫，羽化⑬而登仙。

---

① 斗牛：星宿名，即斗宿和牛宿，前者是北斗星，後者是牽牛星。

② 橫：瀰漫、籠罩。

③ 縱：任由，不加拘束。

④ 一葦：形容極小的船。葦（普 wěi 粵 偉）。

⑤ 如：往。

⑥ 凌：越過。

⑦ 萬頃：頃是古代計量土地的單位，萬頃常用於形容面積的廣闊。

⑧ 茫然：廣闊遼遠的樣子。

⑨ 浩浩：水流盛大的樣子。

⑩ 憑虛：凌空。

⑪ 遺世：離開塵世。

⑫ 獨立：無所依傍，超凡脫俗。

⑬ 羽化：成仙。傳說仙人能自由飛升，像長了翅膀一樣。

賞析

　　一個秋夜，蘇軾與好友泛舟遊玩，來到赤壁之下。清風和緩吹來，水面波瀾不興。一輪明月從東邊的山上升起，在星光映襯下緩緩徘徊。白茫茫的霧氣籠罩在江面，江水與天空彷彿連成一片。

　　任憑這一葉小舟在江水中漂蕩，蘇軾與好友越過廣闊的江面。那浩浩蕩蕩的奇妙感覺，彷彿是乘着長風飛上了天空，不知將在何處停下。而那飄飄搖搖的舒坦愜意，又像是超凡脫俗，離開塵世，化成了天上的神仙……

　　蘇軾用親身感悟告訴我們，天地之間，有無盡的寶藏 —— 江上的清風，山間的明月，自然中的一切美景……盡情欣賞吧，那是造物者賜予我們的永恆財富。

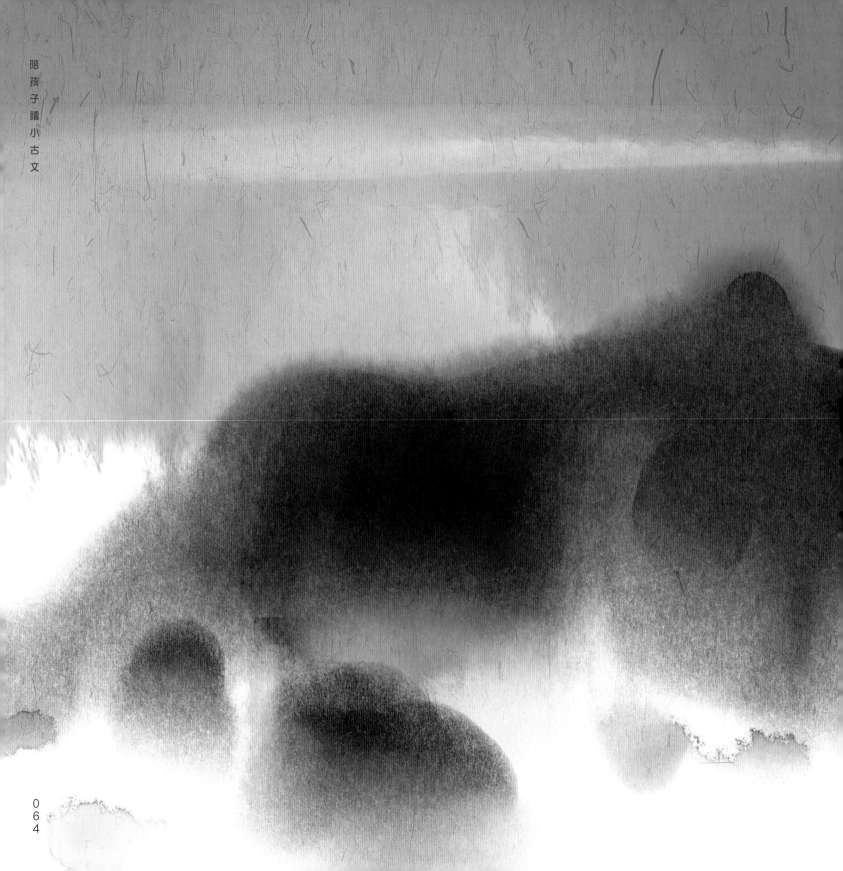

後赤壁賦

◎ 北宋 · 蘇軾

攜酒與魚，復遊於赤壁之下。

江流有聲，斷岸千尺；

山高月小，水落石出。

曾日月之幾何，而江山不可復識矣。

---

① 斷岸：江邊絕壁。

② 水落石出：水位下降，使石頭顯露出來。

③ 曾日月之幾何：曾，才，剛剛。日月，時光。幾何，多少。全句指沒經過多少時光。

 賞析

　　時光流逝，由秋入冬，赤壁之遊已過去三個月。又是一個月白風輕的夜晚，蘇軾遊興大發，帶着美酒佳餚，再次來到赤壁之下。

　　長江流水汩汩（⊕ gǔ gǔ ⊕ 骨骨）作響，江邊絕壁險峻陡峭。遠遠望去，山峯是那樣高聳直立，月亮也顯得微小。江面水位降低，露出了高高低低的礁石。這才過了多少日子呀？與上次赤壁之遊相比，江山景色已經大不相同，幾乎認不出來了。

　　初秋的赤壁，是水光接天，萬頃茫然。冬日的赤壁，卻是山高月小，清冷幽寂。不同季節的赤壁，風景不同，卻各具詩情畫意。

記承天寺夜遊

◎ 北宋 · 蘇軾

庭下如積水空明，水中藻荇交橫，蓋竹柏影也。

何夜無月？何處無竹柏？

但少閒人如吾兩人者耳。

---

① 庭下：庭院中。
② 如積水空明：月光皎潔，照到地上像積滿水似的清澈透明。
③ 藻荇：泛指生長在水中的植物。藻荇（普 zǎo xìng 粵 組杏）。

賞析

　　那是一個寧靜的秋夜。貶謫黃州的蘇軾，來到承天寺，尋訪同樣貶謫此地的朋友張懷民。

　　月光如水，清澈透明，流淌在庭院之中。庭院幻化成一個巨大的水池。竹子、柏樹在地面投下高高低低的影子，恰似水中紛雜交錯的水藻。光影迷離，水月莫辨。

　　月夜常有，竹柏也隨處可見，但能享受這種美景的人卻並不多。都說「清風明月屬閒人」，貶謫的蘇軾與張懷民，是被朝廷「閒置」之人，卻有幸獲得了「閒散」，成了享受清風明月的「閒雅」之人。

超然台記

◎ 北宋 · 蘇軾

凡物皆有可觀[1]。

苟[2]有可觀，皆有可樂[3]，非必怪奇偉麗者[4]也。

哺糟[5]啜醨[6]，皆可以醉；

果蔬草木，皆可以飽。

推此類也，吾安[7]往而不樂？

---

① 可觀：有觀賞價值。

② 苟：如果。苟（曾 gǒu 粵 九）

③ 可樂：令人欣喜。

④ 怪奇偉麗者：怪異、新奇、宏偉、瑰麗的景觀。

⑤ 哺糟：哺，吃。糟，酒糟，做酒剩下的渣滓。哺糟（曾 bǔ zāo 粵 部租）。

⑥ 啜醨：啜，飲。醨，滋味淡薄的酒。啜醨（曾 chuò lí 粵 茁離）。

⑦ 安：哪裏、何。

賞析

　　蘇軾從風景秀麗、富庶繁華的杭州調任到了官舍簡陋、連年歉收的密州。所有人都以為他會不快樂。然而蘇軾沒有任何埋怨，安之若素。他還修繕（曾 shàn 粵 善）了一座高台，在台上飲酒吟詩，優哉游哉，自得其樂。

　　這或許得益於蘇軾獨特的心態。

　　在他眼中，任何事物都有值得觀賞之處。若有值得觀賞之處，就有令人愉悅之處。雄奇瑰麗的景象固然可觀，平凡樸素的事物也不失美好。吃酒糟，喝淡酒，一樣可以醉，不見得非要上等的美酒。吃蔬菜水果，一樣可以飽腹，不見得非要珍饈（曾 xiū 粵 收）佳餚。以此類推，無論去到哪裏，無論面對怎樣的處境，都可以保持一顆快樂的心。

　　最了解蘇軾心情的，是弟弟蘇轍。他為這座高台取名「超然」。因為蘇軾擁有的，正是一種超然物外的生命境界。

晴雨霽①三遊西湖

◎ 明・史鑒

時宿雨②新③止，天宇朗然，日光漏④雲影中，乍明乍⑤滅。

羣山盡洗，絕無塵土氣。

空翠⑥如滴，眾壑⑦奔流，水色彌茫⑧，湖若加廣，

草木亦津津然⑨有喜色焉。

---

① 霽：雨後放晴。

② 宿雨：經夜的雨水。

③ 新：剛剛。

④ 漏：從縫中流出或滲入，這裏指日光從雲影中灑落下來。

⑤ 乍：忽然。乍（普 zhà 粵 炸）。

⑥ 空翠：青色而潮濕的霧氣。

⑦ 壑：深溝。壑（普 hè 粵 確）。

⑧ 彌茫：迷茫浩渺，不太分明的樣子。

⑨ 津津然：這裏形容草木濕潤的樣子。

杭州是東南最美的城市，西湖則是杭州最美的風景。西湖之美，千變萬化。春夏秋冬，陰晴雨雪，各有其美。所以蘇軾說：「欲把西湖比西子，淡妝濃抹總相宜。」而雨過天晴的西湖，又別有一番清新動人的風情。

　　連夜的雨剛剛停息，天空變得晴朗。陽光從雲影中灑落下來，忽明忽暗。羣山像被清洗過一般，沒有絲毫塵土的氣息。空氣裏凝結着青綠的水汽，彷彿要滴出水來。雨水匯聚到溝壑中，奔湧着向前流去。湖面上一片迷茫，令西湖看上去越發廣闊。青草樹木經過雨水的洗禮，也都飽滿潤澤，煥發出欣喜的神色。

滿井遊記

◎ 明・袁宏道

於時冰皮^①始解，波色乍^②明，鱗浪層層，清澈見底，

晶晶然如鏡之新開而冷光之乍出於匣^③也。

山巒為晴雪所洗，娟然^④如拭^⑤，鮮妍明媚，

如倩女^⑥之靧面^⑦而髻鬟^⑧之始掠^⑨也。

① 冰皮：冰層。

② 乍：剛剛，起初。

③ 匣：收藏器物的小箱子。匣（普 xiá 粵 俠）。

④ 娟然：美好的樣子。

⑤ 拭：擦抹。拭（普 shì 粵 色）。

⑥ 倩女：美麗的女子。

⑦ 靧面：洗臉。靧（普 huì 粵 悔）。

⑧ 髻鬟：古時婦女髮式，將頭髮環曲束於頂。髻鬟（普 jì huán 粵 計還）。

⑨ 掠：拂過，梳過。掠（普 lüè 粵 略）。

賞析

　　北方初春的郊野，別有一番風情。

　　水面上的冰層剛剛融化，水波變得明亮起來，魚鱗般的細浪層層疊疊，井水清澈見底。那晶瑩透亮的光色，恍若鏡子從剛打開的鏡匣中射出的耀眼光芒。天氣晴朗，積雪消融，山巒彷彿被洗過一般，秀麗得像是剛擦拭過一般，鮮豔明媚，如同剛剛洗淨臉龐、梳好髮髻的美麗女子。

　　在風情萬種的春景中，袁宏道感受到一種前所未有的愜意。他感歎道：「郊野之外如此春意盎（🔵 àng 🔴 肮３）然，住在城裏的人卻未必知曉。」

　　你聽，春天的腳步近了，讓我們追隨袁宏道的腳步，踏青去，到自然中去吧。

湖心亭看雪

◎ 明・張岱

霧凇①沆碭②，天與雲、與山、與水，上下一白。

湖上影子，惟長堤一痕③、湖心亭一點

與余舟一芥④，舟中人兩三粒而已。

---

① **霧凇：**雲霧凝結而成的冰花。凇（普 sōng 粵 鬆）。

② **沆碭：**白氣彌漫的樣子。沆碭（普 hàng dàng 粵 杭盪）。

③ **痕：**痕跡。

④ **芥：**本意是小草，常用於比喻輕微纖細的事物。芥（普 jiè 粵 介）。

賞析

　　一個寒冷的冬夜，大雪已接連下了好幾天，西湖彷彿被凍住一般，行人、飛鳥蹤跡全無，真是柳宗元《江雪》中「千山鳥飛絕，萬徑人蹤滅」的景象了。如此清冷的時刻，張岱卻撐一葉小船，獨自前往湖心亭看雪。

　　好一番震撼的雪景！雲霧凝結而成的冰花，彌漫在湖面上。天空、雲層、山巒、湖水，全都白茫茫的，上下一片，渾然難辨。而在這純白的底色上，只能看到幾處朦朧的形影：那一道模糊的痕跡，是湖上的長堤；那隱約的一點，是湖心的亭子；那如同一片草葉的，是我的小船；而小船上那極其細小的顆粒，是乘船的人……

　　張岱彷彿飛上天空，遠遠望向地面的冰雪世界。那一痕、一點、一芥和兩三粒的微小，映襯着宇宙的空闊與蒼茫。

幽夢影

◎ 清．張潮

春聽鳥聲，夏聽蟬聲，

秋聽蟲聲，冬聽雪聲；

白晝聽棋聲，月下聽簫聲；

山中聽松聲，水際聽欸乃[①]聲，

方不虛生此耳。

---

① **欸乃**：象聲詞，形容船櫓搖響的聲音。
　　欸（普 ǎi 粵 矮）。

賞析

　　上天賦予我們敏銳的聽覺，我們才能聽到世間各種聲音。

　　有些聲音最適合在某個季節聽。春天要享受鳥兒的啼鳴，在歡快的樂音中感受盎然的春意；夏天要聆聽知了的高唱，在嘹亮的歌喉中觸摸夏日的濃綠；秋天要傾聽蟲兒的哀吟，在淒切的鳴聲中感悟時間的流逝；冬天要細品飄雪的低語，在綿密的雪聲中體味冬日的靜謐。

　　有些聲音最適合在某種情境中聽。閒暇的白日，下棋聲讓人悠然自在；皎潔的月光中，洞簫聲讓人情思滿懷；在山中，風吹松樹沙沙作響，那是隱士的高情；在水邊，搖動船槳欸乃作聲，那是漁子的愜意。

　　許多時候，你可以閉上眼睛，用耳朵重新認識世界。

登泰山記

◎ 清·姚鼐

及既上，蒼山負雪，明燭^①天南；

望晚日照城^②郭^③，汶水^④、徂徠^⑤如畫，

而半山居霧若帶然。

---

① **燭**：照亮。

② **城**：內城。

③ **郭**：外城。

④ **汶水**：古水名。在今山東境內。
汶（普 wèn 粵 問）。

⑤ **徂徠**：山名，在泰安東南。徂徠
（普 cú lái 粵 曹來）。

賞析

　　泰山位於中國山東。它是「五嶽」之首，以雄奇的美景和磅礴（普 páng bó 粵 旁薄）的氣勢聞名天下。與此同時，它又承載着中華民族的文化精神。眾多古代帝王曾親臨泰山，舉行封禪（普 shàn 粵 善）儀式，祈求風調雨順、國泰民安。

　　對清人姚鼐（普 nài 粵 乃）而言，攀登泰山是一段難以忘懷的經歷。一路上霧氣彌漫，冰霜溜滑，幾乎無法攀登。而當歷盡艱難終於登上山頂，一幅瑰麗的畫面頓時呈現在眼前：蒼茫的山脊上覆蓋着厚厚白雪，瑩潔的雪光照亮了南面的天空。遠遠望去，夕陽映照着泰安城，汶水、徂徠山美如畫境。而繚繞在半山處的雲霧，儼然化作了大山的腰帶。

　　開闊的視野，奇麗的景象。泰山宏大，大美無言。

陪孩子讀小古文

周劍之◎編著　　堯　立◎繪

責任編輯：余雲嬌
裝幀設計：龐雅美
排　版：龐雅美
印　務：劉漢舉

出版 / 中華教育

香港北角英皇道 499 號 北角工業大廈 1 樓 B 室

電話：(852) 2137 2338　傳真：(852) 2713 8202

電子郵件：info@chunghwabook.com.hk

網址：http://www.chunghwabook.com.hk

發行 / 香港聯合書刊物流有限公司

香港新界荃灣德士古道 220-248 號 荃灣工業中心 16 樓

電話：(852) 2150 2100　傳真：(852) 2407 3062

電子郵件：info@suplogistics.com.hk

印刷 / 迦南印刷有限公司

香港新界葵涌大連排道 172-180 號 金龍工業中心第三期十四樓 H 室

版次 / 2021 年 9 月第 1 版第 1 次印刷

©2021 中華教育

規格 / 12 開 (230mm x 240mm)

ISBN / 978-988-8759-78-1